沈从文笔下的頤和園

沈从文 著

王瑞智 编

湖南美术出版社

·长沙·

目录

霁清轩杂记

(一)

那么大热天，除了打仗和赶考，普通在学校里长年和书本相对的人，如果办得到，都实在需要抛下书本，暂时换个方式休息休息！气候既已入伏，学校一放假，每家有孩子的都回了家。住处宽广的或不甚觉得有问题，住处小可就糟了。我家中两个顽童都正是好事喜弄的顽童时代，生命力既十分旺盛，又还不到政治活动的年龄，放假后，终日在宿舍几个小小房间中转来转去，手脚似乎总容易相撞相挨，每天都不免要发生三五回小规模争斗。结果假期一来反而对大人是一种担负。想起国内战事新闻，常常说是“此来彼往，地面既辽阔，始终碰不着”。十万八万人的行动，地面一宽广，存心互相战斗的还彼此碰不着。何况是两个人在一所大园子里？因此如有所悟，和太太一商量，就依然把孩子们带出城了。

到郊外大园子来，我们住的还是去年那一所房子，属于霁清轩一部分。房屋在低处，门前又临溪，初来时，房中竟霉得如一块待加作料的豆腐乳，到处都生了毛。但只要稍微习惯，且不担心到自己灵魂也生毛，一到这里，就可说是名副其实的避暑，抽象的或具体的热全不会到头上来了。并且站在门前一望，即会明白霁清轩的主要建筑，原像是拿来看的。最好看处也就是从我住处向上望。不拘早晚，那所主要房子，那长廊一搭，那个亭子，那石头间大松树和小小虎耳草，人工天然，都仿佛配置得有点宋人画意。

顽童们自然不会欢喜宋画，除被迫写字勉勉强强留在书桌边一会会，都只想向园中空阔处跑跑，或去后山掘蚯蚓钓鱼，或去另一个地方看人家比赛游泳。最能引起他们兴趣，并作话题讨论的，还是看守园子的工人，舞着二三丈[1]长钓竿，在长廊前白石栏杆边，用小蛤蟆作饵钓取王八。有时终日毫无所获，有时又一举即可将依隐于莲梗水藻间的八大王后代曳之上钩。很奇怪，有一次和孩子们在长廊前石栏边看人钓取这种圆滑水族时，同时却听另外几个游人，正议论到立法委员运烟土事。两件不同事情同时混入印象中，好像无意中触犯了谁的忌讳，竟使我不能不赶即离开那个地方。

1　一丈约为3.33米。——编注

园子中既有了这些新奇活动，孩子们不必要的阋墙之争，自然就不会延长扩大到不易收拾，也不需要谣言人事来点缀耳目了。所以这里气候人心都并不怎么热。

（二）

霁清轩大门在谐趣园一角，陌生人却不容易发现。门前石板路倒还有意思，据说是慈禧太后听人说故事地方，按时老婆子必坐在一个石磴子上听故事，每天说一回。照我估想，可能会说到《红楼梦》中贾母和刘姥姥。相去不过四五十年，可想象不出当时说故事的排场了。现在谐趣园多的倒是刘姥姥和板儿，因为既无贾母也无慈禧，所以现代刘姥姥和板儿，就居多坐在廊上剥南瓜子吃东西。谐趣园外对宫门直上是“乐农轩”，一列东向房子很朗畅，现在住的却像是军官眷属，常有几辆自行车搁在花树下。除了有几只肥母鸡，还配合风景，此外已找不出农家气象。刘姥姥和板儿，即或偶然从那条路上景福阁，也一定不会想起这里原是为模仿他们生活而布置的地方！

雾清轩前虽已无从想象慈禧听故事的光景，现在却尚有三种声音交替，早晚是可以印证南朝人诗中“鸟鸣山更幽”的黄鹂，白天是代表“多数一致”的知了，夜里是象征衰飒迟暮的鸣蛩。一进门院坪空空的，迎面是霁清轩，廊柱楹桷全髹绿漆画上紫藤，别致得不免有一点儿俗气。如果是老款式，可能是新装潢，在油漆时把颜色配走了样子，所以给人印象是建筑与装饰不大调和。且不像是乾隆俗，很像慈禧时代的俗，如清末广东作风，和慈禧艺术鉴赏程度相近。轩背后是个斜斜坡，利用天然一片大石头作成。石头在半中摺绉了一下，绉摺处就成了一道溪流，从后湖引了一绺活水穿石而过。坡度既相当斜，涧中又有些石头阻塞，活水下漱，于是琤琤琮琮仿佛有点琴韵。白天受知了吵杂混耗，水声不觉得怎么大，入晚却十分动听。所以两边高处一所房子，就名清琴峡。

霁清轩和清琴峡都是乾隆题的名，清琴峡房子有两个对面炕，格局小而精致，很可能乾隆慈禧前后都住过，乾隆还在那炕上听泉赋诗，或坐在门前大石磴上赏玩野景。现在这房子却归一个女天才住下，终日盘坐在炕上临摹画卷。房子虽还是乾隆派，房中却有了点“魏晋”空气和“文艺复兴”意味。

就全个霁清轩说，在颐和园中算是最有丘壑一所房子。一共四栋可以住人，分置在上上下下，用一条能起回声的长廊连接。目前对这种回声发生兴趣的是几个顽童，当年说不定还曾引起帝王太后抚掌莞尔！长廊一面代围墙，一面作甬道，还有格致。走廊设计比谐趣园的有隐显曲折，只是下面还有个小小过廊亭子，似近于蛇足。这亭子前不仅是装饰，还有点实用意思，或者就和我住的一所房子关系深切了。

我住的一所发霉房子没有匾额，曾经作过浴室，从墙边砖砌水塔看，可能是民国以来修整过，本来即装置的。房中还留下有两个水管口，房中有一个大炕，可容八个人同睡。如慈禧曾经这里用过浴，应当有一似通非通一匾额象征重要。既无匾额，倒很像宫女住的一间下房了。所以那个过廊亭子，可能是宫女等待听候使唤的地方。

我门前越水而过，是个石板桥，石头大大的，水流得很活，照乾隆脾气，可能和我家顽童一样，还在上面洗过脚。这些事自然多近于估想。从现实学习，是大炕上曾发现二寸[2]长蜈蚣一条，和几只相貌奇古行动伶俐的灰茸茸小壁虎。蜈蚣夜里不知如何钻入被中，被我胡乱揉死，居然不被这小小毒虫咬叮，可谓幸运。壁虎长日在窗口爬来爬去，用蚊虫作食饵，主客之间倒似乎还相处得来。

（三）

全院中除了可供人住的四栋房子，大石堆高处还有个独立绿漆方亭子，亭子四围大石间还生长有几株松树，树大已合抱，姿势派头都蛮好看，也许还是乾隆眼看到小太监移植的。亭子下面看稍大一点，在亭中却大小合式。当时如在上面奏细乐，于月白风清之夜，与景物还相称。现在最大用处是从下面看看，为主要建筑霁清轩配个风景。颐和园有许多房子，当时的设计，似乎供人看的意义都重于居住。霁清轩是其中之一。许多房子宜于从外面看，远处看，如排云殿西的画中游，湖中心的龙王庙。

2　一寸约为0.03米。——编注

许多地方又像是为看别的房子而作，如景福阁、瞩新楼。霁清轩却宜于在院子里看，而且特别宜于从我住的窗口或帘前看去。房屋树石都布置很恰到好处，不拘早晚都有意思。

孩子们到这里来，手足和心灵俨然都得到了解放，不出门也就在院子中流水边玩。这条水既贯穿院子而过，离我住所门前不过一丈五尺，所以大人从实用上说也终日离不开这条水。大顽童本名龙龙，因此每天必去龙王庙前面学跳水，每天泡三两点钟，半月来晒得全身如一条紫豇豆。小的名叫虎虎，因为下水时不甚多，却把全院子当成鲁滨孙的荒岛，各处去寻觅发现，一草一木都清清楚楚。画全院平面图时，一件东西都不曾忘掉。最熟习的还是一条流水，上下游都十分熟习。某个水边树根下有几只蛤蟆螃蟹，石板桥下一共有几只虾子，一共有几种鱼，某一种鱼又在什么地方，都可领带客人参观。不过大人中真有童心热心参观的，可能只有一位哲学教授。这条流水虽只二三尺宽，十来丈长，却容纳了不少水族，即以长及一尺[3]的常住鱼而言，就共有三

3　一尺约为0.33米。——编注

种，不下十来尾。提到这一点，一定会有人问，“有那么多鱼，怎么不下手？难道鱼不是可以……？”事情奇怪，就真不下手！即好事的顽童小虎，却也只在水边上下徘徊，睁着一双大眼睛欣赏水中一切活动。即或下水玩，也像是和这些水族相互之间都有种了解，各不相犯。为的是他和鱼都知道，这里和平还是从二百年前就决定下来了的！原来这一道小小溪涧，虽无多少曲折，却有一点丘壑。设计时虽若半就天然石头绉摺断折处引水下泄，却已注意到一衣带水的效果，本来只重在引水漱过时作出一点琴韵，石头下有许多处都淘得空空的，结果却成了鱼虾的安全窝。水中的鱼只能作濠上鉴赏，可不宜具染指遐想。更重要的也许还是到了这个地方，吃鱼已不成问题。北平是一片平地，西山山沟地泉引出的水相当清冷，汇集在昆明湖三海和十刹海，面积虽不小，可不会产生什么怪鱼。然而昆明湖却有六七种鱼类。南方江河中生产的鳜鱼，性情本来十分勇猛矫捷，宜于在深潭急浪中活动，在这里却算是昆明湖特产，大的竟到五六斤重，已为本地人取了个文绉绉名字，名叫“花鲫”。据说寄身处多在石舫以西，水比较活又比较暖的荷丛中，可知这种鱼的祖先，还是好事的帝王或贡谀的幸臣派人从江南带来的！我们在这里经常吃的是鲇鱼，有时每尾大到廿斤重，宰割时简直如一头小猪！……因此一来，霁清轩流水中尺来长的鱼类，就十分自然地享受了人间和平，不至于作釜中之泣了。

就全院中丘壑设计说，霁清轩或应数颐和园百十所住宅最具有逸格雅趣的一所。我说这个可不是隐逸自赞可以长住意思，恰恰相反，说明这个地方实在只宜短期居住。我们的住屋似乎稍湿了一点，不到半个月，房中书籍、衣物、肥皂、药品几几乎都发了霉，长了绿毛。在窗口看景致，听泉声，究竟只宜于较短时期。顽童们八月廿以后即上学，筹备学费是家长秋天第一课。为了这个问题，坐在窗前站在水边都解决不了。所以万寿山高处看秋月，恐得要放弃了。

（四）

颐和园中百十所单独院落，三十年前原由政府指定作逊位后的清皇室居住。二十年前改租普通人，因为进出不怎么方便，园里十分荒凉，还只是少数人短期过夏，可赁出一部分，居多都上了锁，空在那里。并且来住的多带一点抒情成分，养病避暑意味。普通人或无此从容，或无此兴味。直到去年我们来住时，早晚在山道上散步，还可和一些老绅士样子，或一对对情侣度蜜月样子，能领会湖山景色，也对历史文化还有感兴的寄居者彼此碰头，不交一言而各得其所。今年住的人就已大不相同。若从行动测文化，今年似乎已换了一种文化。后山早晚散步的人已不多，不拘男女，饭后在长廊栏杆间歇脚谈天的数目却已大大增加。（正和琉璃厂的春天逛厂甸一样，看字画、买书籍的人已大减，多的却是买冰糖葫芦和麦秆风车的市民。）从小事测时代，时代的确已显明地变了。这件事刺激我们的不甚多，刺激真正老住户的应当还多。园中够得上老住户的人有几位特别值得一提。一是北方画家溥心畬，和宣统为近属兄弟。溥仪在东北作日本人傀儡，"康德"了十多年，北平沦陷又八年，多少有头脑的知识分子，都被拖下了水，与日人亲亲热热，忘记自己本分。心畬王孙却决不为人利用，不染一点污浊，自从把那座老王府卖给辅仁大学后，只住在颐和园里作画，十多年如一日。不提别的，即这点性格就够个艺术家！二十年来画笔似未见特别变化，作人风度却值得史笔一书。另外一位是洪宪项城称帝，和这事极有关系的袁大公子，也住在园里已多年。平时深居简出，不轻易在园中见到。据闻平常拜访者亦极少见到。生活似相当萧条，却不为穷困低头。一个现代史家，对于这个人所处时代，所有取舍，如何作成一个悲剧性末一幕戏，值得写到的事应当还多。但他本人如肯写一点什么回忆录，对于民初元史实定有更多贡献。两位住宅恰恰在排云殿前左右两院，如颐和园主要建筑的配位，这个偶然事件在历史上又似乎并非完全偶然。如果这是一个制度，倒不失为一种象征。民初元十多年，其实还有几位公子也值得各有一所住宅！日来报纸上常把某某伟人南京的新建的藏娇金屋描画得十分出色，有关平定上海物价，又常与另外一个人名字并提。十年二十年后，这些人会不会来颐和园赁房子居住？历史可以为我们回答。现代革命家不同过去王孙公子处，大致是“政治头脑”和“经济头脑”都不相同。晚清自戊戌后，时务空气浸润于全国人心中，清宗室子弟即多开明头脑，在当时既不能起作用，革命共和后地位更难自处，退而向艺术谋生命发展，就还很有几个人才，秀颖杰出。在性情方面且以笃厚见称。心畬即其中之一。至民初元，项城以笼罩一切势力，置国家于掌握中，且敢作帝王梦。为增加一空洞名号，驱使爪牙用残狠手段排除了多少异己者。在此一段历史中，成为中心人物的是袁大公子（正如当时在艺术方面寒云公子代表一时风流），然而帝制解体，不到十年，筹安会诸君子，许多当时风云中人，即闻以典当告贷为生。寒云公子亦即潦倒憔悴而死，只故都妓院伶人及二三饭馆间，尚留下些墨笔供人嗟赏。至于民十五以后现代伟人，则多数已成“不倒翁”。头虽空空的，脚下却有金银作重心，虽在时代风雨中左右摇摆不定，却无一仆不起情形。成功在朝，则士农工商四种身份并具；失败下野，则海外流亡，仍享有四大自由中之“永无匮乏”。也因此，令人觉得“革命事业”真不容易！也因此，更令人对于历史上某些真正失败者，反多尊敬与同情。仿佛觉得穷而耿直者定比富而谲诈者可以亲近。倘涉及一国家一民族历史得失，从失败者方面考查，且必然还能够得到些比较真实印象也。

（五）

全园子一天中最佳妙处，是清晨和黄昏，整个湖山的寂静，似乎只归三五人享受管领。然而也正象征了这是一个“过去”的场面。没有人，那受得了！“现代”有个特点，即是人。一切为“人”，一切要“人”注意，也即是在心理分析上的人的懦怯性。一个人如能离开人，所需要的勇气实比接近人还大得多。所以关于游逛，我以为一个外来普通陌生人，实应当照顾照顾作向导的，花一点点钱，即可听一听似真非真的掌故，或在铜牛铜狮前照个相，再让他领带到一个什么馆子吃顿便饭，我相信这是间接繁荣颐和园的方法。因此有许多游逛程序，我不想在这个小文章上提及。我待说的是一些三五年前或十多年前到过这园子里的读者，旧地重游如不容易，却想提几件事作为他的印象温习。第一是这个大园子近来托文物整理委员会的福，应修理油漆的地方都花了点钱，收拾一遍。如排云殿前大牌楼，是经改成钢骨水泥建筑，一切保存原来式样，只是油漆时彩绘不太好看，可能是材料不大合用。山顶上那座琉璃庙宇“智慧海”，业经大加修理，并且已经开放，泥菩萨座前，有了穿洋装的绅士和摩登女郎上香叩头。里面照明是用电灯，像是力求佛堂空气肃穆，电灯还是暗暗的，如许多庙宇长明灯样子。后山那一组毁废了的西藏式庙塔也重新打扫整顿，且开放了一座有铜罗汉的殿堂。工程还在进行，可能有些会被收拾以后，反而失去了游人到此本来应有的颓毁沧桑兴亡感慨，尤其是修补的材料大有问题。较重要的改造是逼近青龙桥的后宫门开放，新作了个大照墙，宫门正在油漆彩绘。这一来对于逛园子兼游西山玉泉的人真方便不少。据闻待修理的，还有“画中游”那座不大美观的楼房，和大庆寿的“德和园”大戏楼。两种工程都相当大，似乎还无款项可拨。照朋友意见，画中游还是听它倒掉好些，因为地面逼窄，楼廊挤得紧紧的，真不美观！德和园大戏楼，是谭鑫培杨小楼奏过技的地方，在戏剧史上即十分重要，还值得保留个样子。建筑高大，重量完全担负在二十来根柱子上，听说从上面漏水，这工程要着手可一定费点心思。全园子管理已有了较大进步，凡有人走的地方，每日都有工人分区负责打扫得干干净净。又多开放了几处陈列室，尤其是乐寿堂前和两厢房子的开放，陈列了些晚清工艺品，似乎是慈禧大寿时各总督，使节，大小宗室官吏的贡品，很可以测验出慈禧太后对于摩登事物的嗜好，以及十九世纪末叶带洋派美术品的标准纪录。有心人一看到这类海上风光和广舶款式，也可知这个大帝国必然快要结束。前两天曾见到一群休假美国官兵，各人提了一具照相机（有的还提大小两具），跟随两个矮矮黑黑的翻译人员到那所陈列室，停留在一些假洋鬼子用的银餐具和镀金餐具旁，说明纸上明明写着银器，那译员却肯定说是老佛爷自用金器。大家既不认识中国字，也不认识美术品好坏，倒落得东单小市或廊房头条银饰铺多做几笔生意。（这些无知的洋兵正可去铺子里照样购货！）前不多久就闻有个什么美国读书人，花四百美金去买一个假洪宪磁瓶，正和美国政府看中中国官僚一样，看错了货色，他人还说不得！颐和园还有一道门开放，对游人实在方便，即在山头上前后山之间，隔绝了智慧海与排云殿那一道山门。多年来都像是怕走风水，闭得紧严严的。全园子面积既相当宽，因此许多人，游逛时，都得考虑考虑足力，好决定行动。一经开放，足力即不大健全的老太太，不问是刘姥姥或是贾母，也可以多逛几处地方，且爬到灵山顶上到菩萨面前叩头了。照她们生长时代的习惯说来，这真是一种功德！中国还是个需要神的时代，不仅仅是些妇人，许多小孩子，也正从另外一种人造的偶像中学习跪拜。要他们相信自己和科学可以重造这个世界，还要些时间！

（六）

园子虽处理得相当整洁，春夏秋星期天游人也分外多，惟在里边开馆子做生意的，可似乎不怎么景气。那些上了点年纪的掌柜伙计，可能还记得抗战前数年热闹光景，客人座次不敷用，还得排号次招待！现在长廊上逢星期天尽管游人如织，这些人可都十分现实，除了外来乡巴老，和什么特种人物，坐坐馆子，本市住的游人，多知道自备吃喝。所以这些掌柜伙计好像随时都在打哈欠，当冲处尚或有几个座，得勉强打起精神来周旋呼应，厨房中也随时可听到一片面杖锅铲声响，事实上仍不免令人起寂寞之感。至于背境处，如后山松堂，那么一个幽静林子，茶座却永远是空空的。说深远点，他们应当反美反内战！因为初初是复员美军用罐头包装食物的廉价销售，大家为省事起见，即多自备所需，选择地方食用。内战一延长，近来游客索兴把馍馍窝头也带进了园子。因此一来，开馆子的自然只能把十年前全盛时代当成一种历史向往了。

（七）

谈人事如今正是个多忌讳时代。并且许多人耳朵眼睛都像是不大关事，一件事一句话只要说出去，就总有人歪歪曲曲地来检讨、附会、申引。所以不如谈谈园子中的虫鸟，作为我这小文结束。

颐和园鸟类相当多，春天的鸣鸟和秋天的季候水鸟，可惜我不很清楚。至于夏天的山鸟，似乎即有十多种。我欢喜不声不响的戴胜，每逢见它在树枝间蹿跃，就好像见到一个老朋友。因为流寓云南乡间八年，每逢在田坎上散步，即必然可碰到戴胜、鹡鸰和云雀。鹡鸰欢喜两两相伴，一面叫一面飞，并点头起伏于麦田中。云雀却如雪莱所描写，先是在草丛中此唱彼和叫得发欢，随后即扶摇盘旋而上，一面叫一面向上飞，直到眼中看不见时，忽然又急剧下堕，钻入草丛中，混于那个在草丛中鸣食的群里。尤其是阵雨过后，天气放晴，天边尚有断虹如一片彩帛悬垂在山边时，这些快乐小鸟，小嗓子叫得真是全生命的欢欣！戴胜却居多痴痴傻傻地站在大路旁，对面前游人望着，好像痴情又像好奇，有时还把头顶上有绒穗子冠毛矗矗，引人注意，直到逼近时，才一翅飞去。这种情形下多不鸣叫。鸣叫时却有季节性，坐在人家屋脊上，骨骨骨骨很庄严地叫下去。叫过一阵就沉默等待远处应和，轮到它时才又再叫。园中的戴胜多在树枝间闪忽即逝，地方环境不同，似乎也影响到这种鸟类性情。其次是荷池间寄身的翠鸟，一身绿得如一片翠玉，却比翠玉多有一种流动生命。平时静静地斜据荷梗间，一声不响，专心一志注意到水面。机会一来，即如一支绿箭向水面射去，将尖喙插入水中，把目的物刺中，随即又衔目的物向荷花深处消失。行为灵敏而神奇，使人惊讶造物者之巧慧和深思！但这园子中的鸟类，还是鸣声奇美的黄鹂有意思。声音实在有情感，有个性，有生命。常常是早晚于林木深处树杪独奏而远处遥遥应和。歌呼交替可说毫无情欲味，却于清朗圆澈中俨若象征一种永恒的统制与管领，在时空两者间唯我独在。因自信而自尊，高低应和中尤具有乐律中的对比性。仿佛是自然哲学，和高级数学，和热情诗歌三种混和物。这个混合虽已无从再分解，然而却依旧能给这三种不同最高心智以一种深刻的激发和启示。歌声且具有一种稀奇效果，即不在绵延不绝的连续，却在由短期歌呼以后带来的静默。静默时比歌呼更动人。或给人“山静似太古，日长如小年”感觉，或给人“曲终人不见，江上数峰青”联想。照例是从这个歌呼中把生命比成自然一部分，如与宇宙相契合。如果人生还可照哲学或音乐字面来解释，实接触了一种更真实的不同的人生。如果人生只能照“政治”字面来解释，那这一群鸟的存在，真无什么用处，倒不如听一个冒昧人一一用猎枪弹去好，因为唱的全是高调，在现实时代中，真太不现实了。其次是占时间空间都分外多的“知了”，多据树枝高处，终日作单调急切的聒噪。声音彼此如一，却汇合成一片宏壮，填满了酷夏空间。本身体积相当小，嘴尖尖的如一枚针，一身分量轻轻的，全身带流线型。视觉官能因不大运用，已不太灵敏。然知寄托高枝，即不至于为顽童所损害。个体生命虽极短促，全部歌唱却可一直延长到深秋。阵雨来时，歌唱不免要停一停，一会儿雨过天霁，又即是吾家天下。这小虫且有一个特点，即一切树枝上都可以栖身，虽各在不同树梢头，早晚鸣声起落却整齐划一，统一性若自天生。昔人对于蝉的词赋，常说居高而饮洁，都不免富有一点自我恋意味。中医喜用蝉蜕作药引，也充满象征意味，许多病药中，都得加入三五只这种空壳，以为即可将药性散发去毒清火！现代人对于这种生物情感，自然已不大相同。一致性的合唱，虽情调激越，大可用来象征什么要求，由于干燥少个性，引用作诗歌比兴的就不多。正相反，所唱的虽是一种求生的本能，因为反复单调，即明白易懂，但其他不同类生物听来，却不免感到神经麻木疲乏，听来会觉得比流水还少感情！情绪模糊而见解沉闷，有时便如读现代诗和现代文学论文把字撤散后重新随意排成的版面一样。所代表的意义，和真正人间语言文字是完全不同的。第二种是鸣蛩，这一属包括有四五种能飞善跃的昆虫。声音多发自草间，也可说是草莱之士的表现。一般言来，这些生物都胆小而善良。个子不大，欲望不奢。同类之中即或也不免有小小战争，却近于小规模短时间发生冲突，极容易解决。所争的且可能是一点意气，为的是这类生物大都早已成熟，声音中即可听出。比如蟋蟀，所争的虽同样是食与性，惟食量既有限，有些且照例拥有两三位太太，得失之争虽激烈，依然近于面子。有些能飞善跃的螽斯，且仿佛是天生素食主义者，且对于生存富有幽默感。所以振翅熠熠作声时，居多倒如赞美本身存在，别无意义。有的虫类又鸣声迫促，单调反复恰如私塾中小学生背书，背来背去，大家都睡着了。有的又如老太太念灶王经，只自己求个心安理得，毫无其他损人利己意思。不过这些小虫声调似乎都有个共通性，即迟暮衰飒感。这也许是……上帝意思，这时代既不需要神，就说是“自然”也成。自然在许多许多方面的配备，未必以人为中心。但这种草虫清音的合奏，却可以照诗人的解释，说是为安慰大地的疲劳而有，未尝不合理。对于人，则这种虫类多于衰草颓垣间歌呼，且整夜不息，这就不只是象征衰老，简直是衰老一个部门！

（八）

霁清轩除了三种声音，还有一种虽无生命却仿佛若有生命，虽反复单调却令人起深沉之思的声音，即那一绺穿院而过的流水作成的琤琮。仁智所乐而逝者如斯，本身虽无生命，但那点赴海就壑一往不回的愿力和信心，却比一切生命表示得还深刻永久，且作了历史上重要心智以种种启示。滋育万物而不居其功，伟大处为“无私”，一个人悟无生宜从此始……

八月七日霁清轩中

19　一卷十四期

階級由受排斥而起的兇意。各國反動分子的愚莽，職業軍人的黷武，以及薪水階級由於想維持原狀而生的保守思想呢？「二十年前，如果他們把威瑪共和國弄假成眞，對蘇聯放棄封鎖，予以援助，對德的私約不過分刻苛，也許還有個機會」。今日呢？今日在倍爾看唯有澈底革命。因此他痛斥反戰的自由分子。「革命的魄力一半在於馬氏的判斷分析，一半在於承認實力為政治的基礎，最忌偏重情感，過講原則，擁抱革命理想以至於忘掉了常識的判斷。」（原書三八六頁）

這封信大大地震驚了福斯特。我不知道隔多久他才答復，但是他的答復長不及八百字。他說「溫和」是他的天性。溫和了六十年，他無法突然戰鬪起來。很輕微地挑出倍爾的矛盾以後，他嘆說：「也許明年，我們中間有些人可能就在戰爭中喪命，我們所有人都將看到死屍橫躺四週。我們必須以全部文化修養來應付。望着屍身，那時倍爾的啓示對我們可能有用處的。」

一九四三年的秋天，我曾寫過一篇批評福氏小說 Howords End 的論文，結論是福氏心目中有兩個敵人，一個是人性的虛僞，另一個是社會貧富的不平。對於前者，他熟悉，因而知道怎樣對付；對於後者他陌生，他隔膜，因而他虎頭蛇尾地交代了。這論文寄給他以後，他回信說：「自從這書出版（一九一〇），我對於改革社會的熱望便都完全粉碎了。如今，我成為一個寧願老死而不甘破壞的無政府主義者。我依然以人與人之間的關係為生命的中心。我不變。我看到典雅與高貴的消失。我所活在的世界，又恍惚覺得我所憧憬的世界終將到來，但其形貌我一定不能辨識了，而且，那不會是個盎格魯撒克遜的世界。」

然而，看光景，他也不甘心那成為蘇維埃的世界。

七月三十日，上海

霽清軒雜記（上）

翰墨

（一）

那麼大熱天，除了打仗和趕考，普通在學校里長年和書本相對的人，如果辦得到，都實在需要拋下書本，暫時換個方式休息休息！氣候既已入伏，學校一放假，每家有孩子的都回了家。住處寬廣的或不甚覺得有問題，住處小可就糟了。我家中兩個頑童都正是好事喜弄的頑童時代，生命力既十分旺盛，又還不到政治活動的年齡，放假後，終日在宿舍幾個小小房間中轉來轉去，手腳似乎總容易相撞相挨，每天都不免要發生三五回小規模爭鬪。結果假期一來反而對大人是一種擔負。想起國內戰事新聞，常常說是「此來彼往，地面既遼濶，始終碰不着。」十萬八萬人的行動，地面一寬廣，存心互相屠殺的還彼此碰不着。何況是兩個人在一所大園子里？因此如有所悟，和太太一商量，就依然把孩子們帶出城了。

到郊外大園子來，我們住的還是去年那一所房子，屬於霽清軒一部分。房屋在低處，門前又臨溪，初來時，房中竟霉得如一塊待加作料的豆腐乳，到處都生了毛。但只要稍微習慣，且不擔心到自己靈魂也生毛，一到這里，就可說是名副其實的避著，抽象的或具體的熱全不會到頭上來了。並且站在門前一望，即會明白霽清軒的主要建築，原像是擎來看的。最好看處也就是從我住處向上望。不拘早晚，那所主要房子，那長廊一搭，那個亭子，那石頭間大松樹和小小虎耳草，人工天然，都彷彿配置得有點宋人畫意。

頑童們自然不會欣賞宋畫，除被迫寫字勉勉強強留在書桌邊一會會，都只想向園中空濶處跑跑，或去後山掘蚯蚓釣魚，或去另一個地方看人家比賽游泳。最能引起他們興趣，並作話題討論的，還是看守園子的工人，彎着二三丈長釣竿，在長廊前白石欄干邊，用小蛤蟆作餌釣取王八。有時終日毫無所獲，有時又一舉即可將依隱於蓮梗水藻間的八大王後代曳之上鈎。很奇怪，有一次和孩子們在長廊前石欄邊看人釣取這種圓滑水族時，同時卻聽另外幾個遊人，正議論到立法委員運烟土事。兩件不同事情同時混入印象中，好像無意中觸犯了誰的忌諱，竟使我不能不趕即離開那個地方。

園子中既有了這些新奇活動，孩子們不必要的鬪牆之爭，自然就不會延長擴大到不易收拾，也不需要謠言人事來點綴耳目了。所以這裏氣候人心都並不怎麼熱。

（二）

霽清軒大門在諧趣園一角，陌生人卻不容易發現。門前石板路倒還有意思，據說是慈禧太后聽人說故事地方，按時老婆子必坐在一個石磴子上聽故事，每天說一回。照我估想，可能會說到紅樓夢中賈母和劉老老。相去不過四五十年，可想像不出當時說故事的排場了。現在諧趣園多的倒是劉老老和板兒，因為既無賈母也無慈禧，所以現代劉老老和板兒，就占多坐在廊上剝南瓜子吃東西。諧趣園外對宮門直上是「樂農軒」，一列東向房子很朗暢，現在住的卻像是軍官眷屬，常有幾輛自行車擱在花樹下。除了有幾隻肥母雞，還配合風景，此外已找不出農家氣象。劉老老和板兒，即或偶然從那條路上景福閣，也一定不會想起這里原是為模仿他們生活而布置的地方！

霽清軒前雖已無從想像慈禧聽故事的光景，現在卻尚有三種聲音交替，早晚是可以印證唐人詩「鳥鳴山更幽」的黃鸝，白天是代表「多數一致」的知了，夜里是象徵衰颯遲暮的鳴蛩。一進門院坪空空的，迎面是霽清軒，臨住[illegible]綠漆畫上紫藤，別緻得不免有一點兒俗氣。如果是老款式，可能是新裝成，在油漆時把顏色配走了樣子，所以給人印象是建築與裝飾不大調和。且不像是乾隆俗，很像慈禧時代的俗，如清末廣東作風，和慈禧藝術鑒賞程度相近。軒背後是個斜斜坡，利用天然一片大石頭作成。石頭在半中褶綴了一下，綴褶處就成了一道溪流，從後湖引了一彎活水穿石而過。坡度既相當斜，澗中又有些石頭阻塞，活水下激于是琤琤琮琮彷彿有瀟琴韻。白天受知了吵雜混亂，水聲不覺得怎麼大，入晚卻十分動聽。所以兩邊高處一所房子，就名清琴峽。

霽清軒和清琴峽都是乾隆題的名，清琴峽房子有兩個對面炕，格局小而精致，很可能乾隆慈禧前後都住過，乾隆還在那炕上聽泉賦詩，或坐在門前大石磴上賞玩野景。現在這房子卻歸一個女天才住下，終日盤坐在炕上臨摹畫卷。房子雖還是乾隆派，房中卻有了點「魏晉」空氣和「文藝復興」意味。

就全個霽清軒說，在頤和園中算是最有丘壑一所房子。一共四棟可以住人，分

本文发表于1948年8月14日、8月21日《新路》周刊第1卷14、15期；又于同年8月30日、9月6日在天津《益世报·文学周刊》第108、109期刊载，均署名翰墨。本书据《新路》本编入，有改动。

沈从文一家合影。摄于霁清轩清琴峡石板桥，1948年。
自左至右：沈从文、张兆和、沈龙朱、沈虎雏。

沈龙朱先生，于左图同一地点。王瑞智摄，2022年9月。

8
6
5
3
7
9

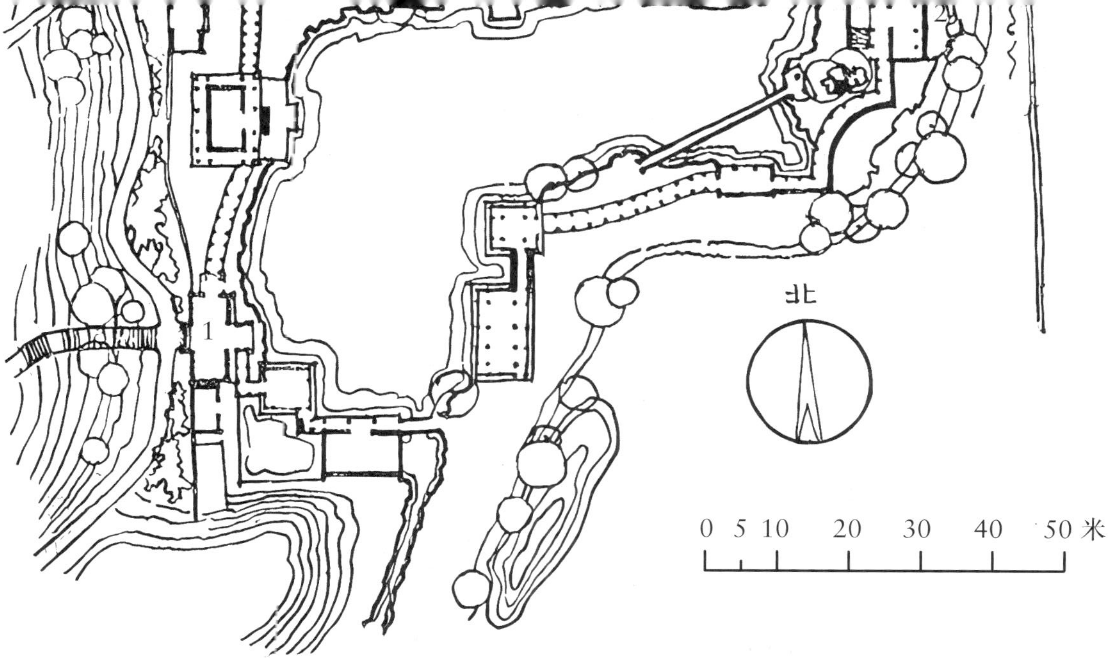

1—谐趣园宫门；2—知春堂；3—涵远堂；4—寻诗径遗存；5—霁清轩垂花门；6—霁清轩；7—清琴峡；8—四方亭；9—后湖。
据冯钟平《谐趣园与寄畅园》（刊于《建筑史论文集》第五辑，清华大学出版社，1981年9月第一版）内插图重绘。

1948年，张充和与傅汉思在颐和园景福阁。

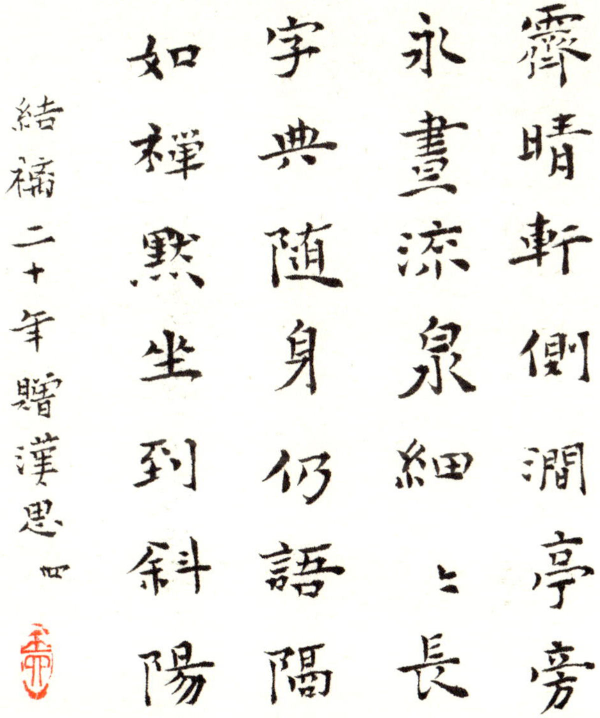

张充和《结缡二十年赠汉思》（四）
（1968年，为纪念和傅汉思结婚二十周年，张充和作七绝诗二十首，此为之一。）

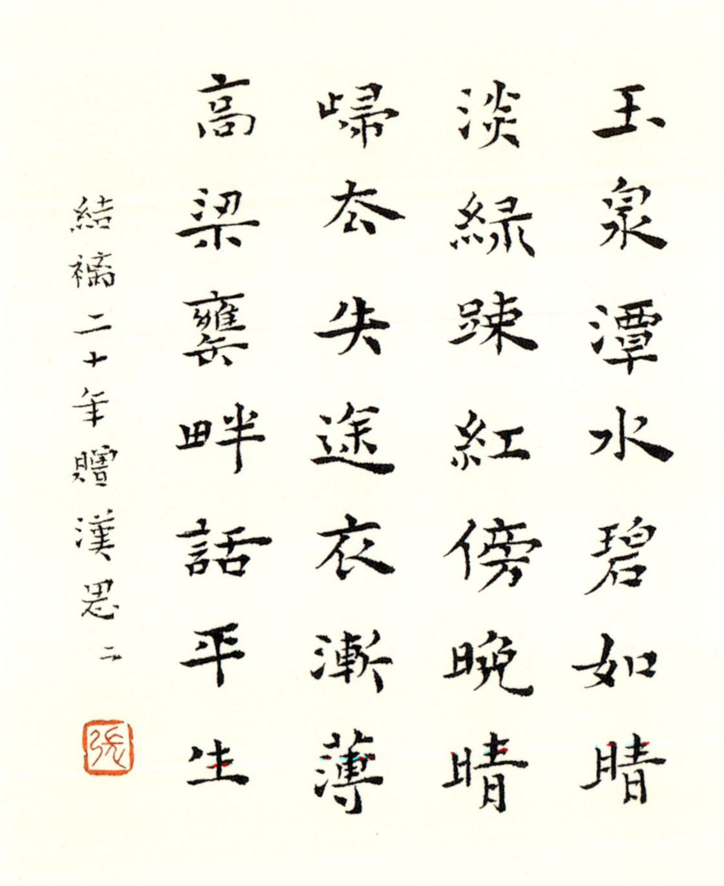

张充和《结缡二十年赠汉思》(二)
(1968年，为纪念和傅汉思结婚二十周年，张充和作七绝诗二十首，此为之一。)

《青绿山水》

纸本设色　123cm×18.5cm

1948年张充和作于颐和园霁清轩清琴峡

从沈从文家居住的房子仰视四方亭　王瑞智摄

从四方亭俯瞰沈从文家住的房子　金秋野摄

清琴峡旁的石径　王瑞智摄

从清琴峡眺望四方亭　王瑞智摄

霁清轩垂花门前的石板路　金秋野摄

霁清轩漆画细部　金秋野摄

清琴峡匾额　王瑞智摄

清琴峡建筑之一　金秋野摄

清琴峡建筑之二　金秋野摄

霁清轩四方亭曲廊　金秋野摄

佛香阁背后的智慧海（老照片）

后山须弥灵境（老照片）

画中游（老照片）

清晏舫（老照片）

长廊之一（老照片）

长廊之二（老照片）

鱼藻轩（老照片）

20世纪30年代后期 溥心畬在恭王府

溥心畬像 约1945—1948年

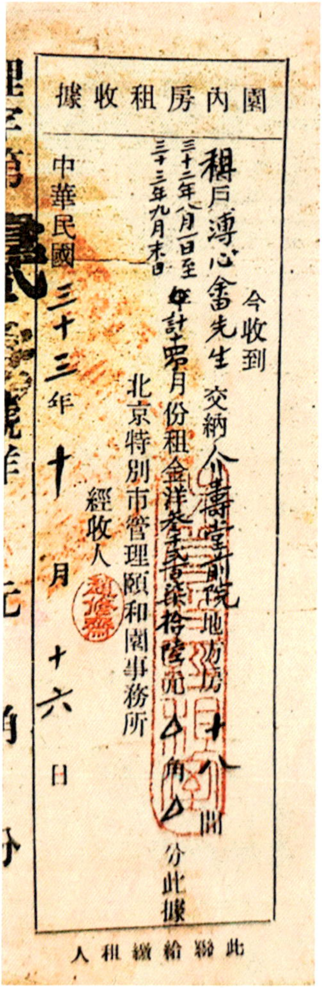

園內房租收據

今收到

租戶溥心畬先生 交納介壽堂前院地方房十八間

三十二年八月一日至三十三年九月末日 年計壹月份租金洋叁千[illegible]柒拾陸元肆角肆分此據

北京特別市管理頤和園事務所

經收人

中華民國三十三年十月十六日

此聯給繳租人

溥心畬承租介寿堂的租房收据

介寿堂　金秋野摄

溥心畬
《昆明秋色图》
吉林省博物院藏

袁克定

清华轩　王瑞智摄

“体和殿制”款黄地粉彩“玉堂富贵”寿字圆盒　清光绪

黄地粉彩描金“万寿无疆”花蝶纹膳食器　清光绪

乐寿堂内部之一

乐寿堂内部之二

春游颐和园

满满的，即再加宽加长一两倍，怕也还是不够用。

春天来，颐和园花木都逐渐开放了，每天除了成千上万来看花的游人，还有许多自城郊学校来的少先队员，到园中过队日郊游，进行各种有益身心的活动。满园子里各处都可见到红领巾，各处都可听到建设祖国接班人的健康快乐的笑语和歌声。配合充满生机一片新绿丛中的鸟语花香，颐和园本身，因此也显得更加美丽和年青！

凡是游颐和园的人，在售票处购买一册介绍园中景物的说明书，可得到极多帮助。只是如何就可用比较经济的时间，把颐和园重要地方都逛到呢？我想就我个人过去几年在这个大园子里转来转去的经验，和园子里建筑花木在春秋佳日给我的印象，提出一点游园的参考意见。

我们似可把颐和园分成五个大单位去游览。

第一是进门以后的建筑群，这个建筑群除中部大殿外，计包括东边的大戏楼和西边的“乐寿堂”，以及西边前面一点的“玉澜堂”。“玉澜堂”相传是光绪被慈禧太后囚禁的地方，院子和其他建筑隔绝自成一个小单位。到这里来的人，还可从门口的说明牌子，体会到六十年历史一鳞一爪。参观大戏台，

北京建都有了八百年历史。劳动人民
勤劳和智慧，在北京城郊建造了许多规模宏
美丽的宫殿、庙宇和花园，留给我们后一代。
建筑规模大，花木池塘富于艺术巧思，设备精
世界上也特别著名的，是二百多年前乾隆时在西
建筑的“圆明园”。这个著名花园，是在九十多年
就被帝国主义者野蛮军队把园里面上千栋房子中各种重要珍贵文物及一切陈设大肆抢劫后，有意放一把火烧掉了的。花园建筑时间比较晚的，是西郊的颐和园。部分建筑乾隆时虽然已具规模，主要建筑群却在一百年前才完成。修建这座大园子的经济来源，是借口恢复国防海军从人民刮来的几千万两银子，花园作成后，却只算是帝王一家人私有。

直到北京解放，这座大花园才成为人民的公共财产。颐和园的游人数字是个证明：一九四九年全年游人二十六万六千八百多，一九五五年达到一百七十八万七千多人。二十年前游颐和园的人，常常觉得园里太大太空阔。其实只是能够玩的人太少，所以到处总是显得空空的。颐和园那条长廊，虽然已经长约三里[1]路，现在每逢星期天游人就挤得

1　一里等于0.5千米。

得往回路向东走。这个戏台和中国近代歌剧发展史有些联系，六十年以前，中国京戏最出色的演员谭鑫培[2]、杨小楼[3]，都到这台上演过戏。戏台上下分三层，还有个宽阔整洁的后台和地下室，准备了各种机关布景。例如表演孙悟空大闹天宫或白蛇传水漫金山寺节目时，台上下到必要时还会喷水冒烟。演员也可以借助于技术设备，一齐腾空上升，或潜入地下，隐现不易捉摸。戏台面积比看戏的殿堂大许多，原因是这些戏主要是演给帝王和少数贵族官僚看的。演员百余人在台上活动，看戏的可能只三五十人。社会在发展中，六十年过去了，帝王独夫和这些名艺人十之九都已死去。为人民爱好的艺术家的绝艺，却继续活在人们记忆中，及后辈热忱学习发展中。由大戏楼向西可到“乐寿堂”。这是六十年前慈禧做生日的地方。颐和园陈设中，有许多十九世纪显然见出半殖民地化的开始的恶俗趣味处，就多是当时在广东上海等通商口岸办洋务的奴才，为贡

2　谭鑫培，京剧演员，艺名“小叫天”，先演武生与武丑，后专演老生，并形成自己的艺术风格，世称“谭派”。

3　杨小楼，京剧演员，演武生，以“武戏文唱”著称，并形成自己的艺术风格，世称“杨派”。

谀祝寿而作来的。也有些是帝国主义者为侵略中国的敲门砖。还有晚清一种黄绿釉绘墨彩花鸟，多用紫藤和秋葵作主题，横写“天地一家春”的款识的大小瓷器，也是这个时期的生产。“乐寿堂”庭院宽敞，建筑虽不特别高大，却显得气魄大方。本院和西边一小院，春天时玉兰和海棠都开得格外茂盛。

第二部分是长廊全部和以“排云殿”“佛香阁”为主体，围绕左右的建筑群。这是目下全个园子建筑最引人注意部分，也是全园的精华。有很多建筑小单位，或是一个四合院，或是一组列房子，布置得都十分讲究。花木围廊，各具巧思。但是从整体或部分说来，这个建筑群有些只是为配风景而作的，有些宜近看，有些只合远观。想总括全部得到一个整体印象，得租一只小游船，把船直向湖中心划去，再回过头来，看看这个建筑群，才会明白全部设计的用心处。因为排云殿后面隙地不多，山势太陡，许多建筑不免挤得紧一点。如东边的转轮藏，西边的另一个小建筑群，都有点展布不开。正背后的佛香阁，地势更加迫促，虽亏得聪明的建筑工人，出主意把上佛香阁的路分作两边，作之字形盘旋而上，地势还是过于迫促。更向西一点的“画中游”部分建筑，也由于地面窄狭，作得格外玲珑小巧。必须到湖中看看，才明白建筑工人的用意，当时这部分建筑，原来就是为配合全山风景作成的。船到湖中心时向南望，在一平如镜碧波中的龙王庙和十七孔桥，都若十分亲切地向游人招手："来，来，来，这里也很有意思。"从这里望万寿山，距离虽远了点，可是把那些建筑不合理印象也忽略了。

第三部分就是湖中心那孤岛上的建筑群，"龙王庙"是主体。连接龙王庙和东墙柳阴路全靠那条十七孔白石虹桥，长年卧在万顷碧波中，背景是一片北京特有的蓝得透亮的天空，真不愧叫作人造的虹。这条白石桥无论是远看、近看，或把船摇到下边仰起头来看，或站在桥上向左右四方看，都令人觉得满意。桥东岸边有一只铜牛，是两百年前铸铜工人的创作。

第四部分是后山一带，建筑废址不少，保存完整的房子却不多。很显明是经过历史事变的痕迹没有修复过来。由后湖桥边的苏州街遗址，到上山的一系列殿基，直到半山上的两座残塔，据说也是在圆明园被焚的同时毁去的。目下重要的是有好几条曲折小山路，清静幽僻，最宜散步。还有好几条形式不同的白石桥和新近修理的赤栏木板桥，湖水曲折地从桥下通过，划船时极有意思。

第五部分是东路以“谐趣园”做中心的建筑群，靠西上山有“景福阁”，靠北紧邻是“霁清轩”。这一组建筑群和前山大不相同，特征是树木比较多，地方比较僻静。建筑群包括有北方的明敞（如景福阁）和南方的幽趣（如霁清轩）两种长处。谐趣园主要部分是一个荷花池子，绕着池子有一组长廊和建筑。谐趣园占地面积不大，那个荷花池子，夏天荷花盛开时，真是又香又好看。欢喜雀鸟的，这里四围树林子里经常有极好听的黄鸟歌声。啄木鸟声音也数这个地区最多。夏六月天雨后放晴时，树林间的鸟雀欢呼飞鸣，更是一种活泼生机。地方背风向阳处，长年有竹子生长。由后湖引来的一股活水，到此下坠五公尺[4]，因此作成小小瀑布，夏天水发时，水声哗哗，对于久住北方平地的人，看到这些事物引起的情感，很显然都是新的。“霁清轩”地位已接近园中后围墙，建筑构造极其别致，小院落主要部分是一座四面明窗当风的轩，一株盘旋而上的老松

4 公制长度单位，米的旧称。——编注

树，一个孤立的亭子，以及横贯院中的一道小小溪流。读过《红楼梦》的人，如偶然到了这个地方，会联想起当年书中那个女尼妙玉的住处。还有史湘云醉眠芍药茵的故事，也可能会在霁清轩大门前边一点发生。这个建筑照全部结构说来，是比《红楼梦》创作时代略早一点。有人到过谐趣园许多次，还不知道面前霁清轩的位置，可知这个建筑的布置成功处。由谐趣园宫门直向上山路走，不多远还有个“乐农轩”，虽只是平房一列，房子前花木却长得极好。杏花以外丁香、梨花都很好。“景福阁”位置在半山上，这座重屋曲折“亞”字形的大建筑，四面窗子透亮，绕屋平台廊子都极朗敞。遇着好机会，我们可能会在这里看到一些面孔熟悉的著名文艺工作者，电影、歌剧、话剧名演员，……他们也许正在这里和国际友人举行游园联欢会，在那里唱歌跳舞。

颐和园最高处建筑物，是山顶上那座全部用彩琉璃砖瓦拼凑作成的无梁殿。这个建筑无论从工程上和装饰美术上说来，都是一个伟大的创作。是近二百年的建筑工人和烧琉璃窑工人共同努力为我们留下的一份宝贵遗产。在建筑规模上，它并不比北海那一座琉璃殿壮丽，但从建筑兼雕塑整体性的成就说来，无疑和北京其他同类创作，如北海及故宫九龙壁、香山琉璃塔等等，都值得格外重视。上山的道路很多：欢喜热闹不怕累，可从排云殿后抱月廊上去，再从那几百磴“之”字形石台阶爬到佛香阁，歇歇气，欣赏一下昆明湖远近全景，再从后面翻上那个琉璃牌楼，就到达了。欢喜冒险好奇的，又不妨从后山上去。这一路得经过几层废殿基，再钻上几个小山洞。行动过于活泼的游客，上到山洞边时，头上脚下都得当心一些，免得偶然摔倒。另外东西两侧还有两条比较平缓的山路可走，上了点年纪的人不妨从东路上去。就是从景福阁向上走去。半道山脊两旁多空旷，特别适宜于远眺，南边是湖上景致，北边园外却是村落自然景色，很动人。夏六月还是一片绿油油的庄稼直延长到西山尽头，到秋八月后，就只见无数大牛车满满装载黄澄澄的粮食向合作社转运。村庄前后也到处是粮食堆垛。

从北边走可先逛长廊，到长廊尽头，转个弯，就到大石舫边了。除大石舫外，这里经常还停泊有百多只油漆鲜明的小游艇出租。欢喜划船的游人，手劲大，可租船向前湖划去，一直过西蜂腰桥再向南，再划回来。比较合式的是绕湖心龙王庙，就穿十七孔桥回来。那座桥远看只觉得美丽，近看才会明白结构壮丽，工程扎实，让我们加深一层认识了古代造桥工人的聪明和伟大。船向回划可饱看颐和园万寿山正面全部风景，从各个不同角度看去，才会发现绕前山那道长廊，和长廊外临水那道白石栏杆，不仅发生单纯装饰效果，且像腰带一样把前山建筑群总在一起，从水上托出，设计实在够聪明巧妙。欢喜从空旷湖面转入幽静环境的游人，不妨把船向后湖划去。后湖水面窄而曲折，林木幽深，水中大鱼百十成群，对小船来去既成习惯，因此也不大存戒心。后湖在秋天里在一个极短时期中，水面常常忽然冒出一种颜色金黄的小莲花，一朵朵从水面探头出来约两寸来高，花头不过一寸大小，可是远远地就可让我们发现。至近身时我们才会发现花朵上还常常歇有一种细腰窄翅黑蜻蜓，飞飞又停停。彼此之间似相识又似陌生。又像是新认识的好朋友，默默地又亲切地贴近时，还像有些腼腆害羞。一切情形和安徒生童话中的描写差不多，可是还要美丽一些，一时还没有人写出。这些小小金丝莲，一年只开花三四天，小蜻蜓从湖旁丛草间孵化，生命也极短暂。我们缺少安徒生的诗的童心，因此也难更深一层去想象体会它们生命中的悦乐处。见到这种花朵时，最好莫惊动采折。由石舫上山路，可经过“画中游”，这部分房子是有意仿造南方小楼房式作成，十分玲珑精致，大热天住下来不会太舒服，可是在湖中却特别好看。走到“画中游”才会明白取名的用意。若在春天四月里，园中好花次第开放，一切松柏杂树新叶也放出清香，这些新经修理装饰得崭新的建筑物，完全包裹在花树中，使得我们不能不对于创造它和新近修理它的木工、瓦工、彩画油漆工，以及那些长年在园子里栽花种树的工人，表示敬意和感谢。

颐和园还有一个地区，也可以作为一个游览单位计算，就是后山沿围墙那条土埂子。这地方虽近在游人眼前，可是最容易忽略过去。这条路是从谐趣园再向北走，到后湖尽头几株大白杨树面前时，不回头，不转弯，再向西一直从一条小土路走上小土山。那是一条能够满足游人好奇心的小路，一路走去可从荆槐杂树林子枝叶罅隙间清清楚楚看到后山后湖全景。小土埂上还种得好些有了相当年月的马尾松，松根凸起处，间或会有一两个年青艺术家在那里作画。地方特别清静，不会有人来搅扰他的工作。更重要还是从这里望出去，景物凑紧集中，如同一个一个镜框样子。若是一个有才能的年青画家，他不仅会把树石间色彩鲜明的红领巾，同水上游人种种活动，收入画布，同时还能够把他们表示新生生命的笑语和歌声同样写入画中。

上圖：頤和園万寿山全景

春游頤和園

沈从文

北京建都有了八百年歷史。劳动人民用他們的勤劳和智慧，在北京城郊建造了許多規模宏大建筑美丽的宫殿、庙宇和花園，留給我們后一代。花園建筑規模大，花木池塘富于藝術巧思，設备精美在世界上也特別著名的，是二百年前干隆时在西郊建筑的“圓明園”。这个著名花園，是在九十多年前就被帝國主义者野蛮軍隊把園里面上千栋房子中各种重要珍貴文物及一切陈設大肆搶劫后，有意放一把火燒掉了的。花園建筑时間比較晚的，是西郊的頤和園。部分建筑干隆时虽然已具規模，主要建筑群却在六十年前才完成。修建这座大園子的經济來源是借口恢复國防海軍从人民刮來的几千万兩銀子，花園作成后，却只算是帝王一家人私有。

直到北京解放，这座大花園才成为人民的公共財產。頤和園的游人数字是个証明：一九四九年全年游人二十六万六千八百多，一九五五年达到一百七十八万七千多人。二十年前游頤和園的人，常常覺得園里太大太空闊。其实只是能够玩的人太少，所以到处总是顯得空空的。頤和園那条長廊，虽然已經長够一里路，現在每逢星期天游人就挤得滿滿的，即再加寬加長一兩倍，怕也还是不够用。

春天來，頤和園花木都逐漸开放了，每天除了成千上万來看花的游人，还有許多自城郊学校來的少先隊員，到園中过隊日郊游，進行各种有益身心的活动。滿園子里各处都可見到紅領巾，各处都可听到建設祖國接班人的健康快乐笑語和歌声。配合充滿生机一片新綠叢中的鳥語花香，頤和園本身，因此也顯得更加美丽和年青！

32

凡是游頤和園的人，在售票处購買一冊介紹園中景物的說明書，可得到極多帮助。只是如何就可用比較經济的时間，把頤和園重要地方都逛到呢？我想就我个人过去几年在这个大園子里轉來轉去的驗經，和園子里建筑花木在春秋佳日給我的印象，提出一点游園的参考意見。

我們似可把頤和園分成五个大單位去游覽。

第一是進門以后的建筑群，这个建筑群除中部大殿外，計包括东边的大戲楼，和西边的“乐寿堂”，以及西边前面一点的“玉瀾堂”。“玉瀾堂”相傳是光緒被慈禧太后囚禁的地方，院子和其他建筑隔絕自成一个小單位。到这里來的人，还可从入門口的說明牌子，体会到近六十年歷史一鱗一爪。参观大戲台，得往回路向东走。这个戲台和中國近代歌剧發展史有些联系，六十年以前，中國京戲最出色的演員譚鑫培、楊小楼，都到这台上演过戲。戲台上下分三層，还有个寬闊整潔的后台和地下室，准备了各种机关布景。例如表演孙悟空大鬧天宫，或白蛇傳水漫金山寺節目时，台上下到必要时还会噴水冒烟。演員也可以借助于技術設备，一齐騰空上升，或潜入地下，隱現不易捉摸。戲台面積比看戲的殿堂大許多，原因是这些戲主要是演給帝王和少数貴族官僚看的。演員百余人在台上活动，看

本篇原发表于1956年4月22日《旅行家》第4期；1956年8月，收入香港三联书店出版的《美丽的北京》一书；1957年9月，又收入北京出版社《我热爱新北京》一书。均署名沈从文。据《旅行家》编入，有改动。

颐和园游览手册　1958年版

女学生们在表演舞蹈　选自颐和园游览手册（俄文版） 1956年版

游人在昆明湖划船　选自颐和园游览手册（俄文版） 1956年版

宣传画《万寿山昆明湖》 1955年

宣传画《工人休养所》 20世纪50年代

宣传画《画中游》 20世纪60年代

《颐和园鸟瞰图》　选自颐和园游览手册（俄文版）　1956年版

後山
東宫門
南湖
思敬 绘

谐趣园寻诗径　王瑞智摄

颐和园后湖　王瑞智摄

编后记

谐趣园作为颐和园的园中园，虽“写仿”自无锡寄畅园，但是今天的园子不仅与原型寄畅园，甚至与它自己的前身——乾隆惠山园——相比，整体布局和意趣，都要逊色一些。原因有二，一是嘉庆对惠山园的分割与改造。“分割”，就是把原来惠山园北部的霁清轩分出，筑墙单独成园，南部更名为谐趣园；而“改造”，主要是拆除池沼北岸大部分“寻诗径”，营建“大殿”涵远堂，又重又沉，改变了惠山园的视觉轴线。二是慈禧重修颐和园时，承续嘉庆的园子布局，添建了不少建筑（回廊）。嘉庆改过的谐趣园疏朗之气已经大打折扣，如此再经慈禧之手，愈发繁复拥挤，“洛可可”味道十足了。这也是为什么之前我来谐趣园，最喜欢去的地方，是园子北边残留的几段“寻诗径”。

而霁清轩，谐趣园北边的小园，却是一个现象级的存在。霁清轩的“性格”，与谐趣园及颐和园里的其他建筑很不一样。在我的眼里，霁清轩是中国古典小园第一。

编辑这本书，机缘是2022年春夏在园子（颐和园）里的盘桓。我自己做过统计，2022年5月10日到9月30日144天，有72天出入园子，平均两天一次，几乎上班在园子里。如此频繁，属于“身不由己”，那时正是“新冠防疫”吃紧的时候。特别是5月，北京的餐厅咖啡馆等公共场所禁堂食。去哪儿？家附近只有颐和园每天如常开放。进园时，我会留意入口售票处显示屏上的在园实时人数，最少的一次，园子里仅有562人。

也是那个时候，我第一次遇见霁清轩。

5月的某一天，沿涵远堂旁边的青石板台阶而上，之前一直紧闭的垂花门竟然开了。正房霁清轩除了出廊的藤萝绿漆檐柱，平平常常，没有任何特别之处。可是，当我从西侧绕到霁清轩北面，整个人霎时呆住了。颐和园还有这等神仙地方！自己居然不知道。接下来的几天，我天天往这里来，轻手轻脚，大气都不敢出一声，生怕惊扰了小园。一个人，坐在四方亭，与虬松、石峡、小筑一起发呆，暂时忘记了“新冠”。

接下来“做功课”，逐渐了解到霁清轩的一些故人故事。特别是沈从文先生一家曾于1947年和

1948年暑期在此住过，他还写过一篇《霁清轩杂记》。《霁清轩杂记》作于1948年夏秋，文章的调子，平缓而忧郁，不由让人想起周作人在香山碧云寺写的《山中杂信》。1948年的北京，正是鼎革前夕，也是沈从文先生思想和精神状态的一个特殊时期。熟悉他生平和文章的读者应该知道1948年及随后的几年，在沈先生身上发生过什么。

对于美,沈从文先生是最敏感的。这种敏感,现当代作家里面,大概没有人能超过他。“就全个霁清轩说，在颐和园中算是最有丘壑一所房子。”“就全院（园）中丘壑设计说，霁清轩或应数颐和园百十所住宅最具有逸格雅趣的一所。”两个“最”字，沈先生没有一点犹豫。《霁清轩杂记》共有八节，前三节写霁清轩，后五节写霁清轩之外的颐和园。今天再来读，可以当作游记，作游览颐和园的参考。其实,《霁清轩杂记》又不仅是一篇游记，随着文字展开的，还有作者的心境，园子里的人物，那时的世态况味。譬如，沈先生对比抗战前与胜利后颐和园游人的消费:“现在长廊上逢星期天尽管游人如织，这些人可都十分现实，除了外来乡巴老。和什么特种人物，坐坐馆子，本市住的游人，多知道自备吃喝。……近来游客索兴把馍馍窝头也带进了园子。因此一来，开馆子的自然只能把十年前全盛时代当成一种历史向往了。”这些细微的描写，为透视那个时代提供了鲜活直观的素材。

需要说明的，本书收入的两篇沈从文先生关于颐和园的文章，描写的园中景物，主要围绕着万寿山（特别是前山的东中西部），昆明湖东岸也有提及，其他地方，像后山、西堤、南湖、西北湖着墨很少或没有提及。1949年后，特别是改革开放以来，政府有关部门在恢复盛时颐和园景观方面做了大量的工作，像西堤的景明楼，后山的须弥灵境、苏州买卖街、澹宁堂，耕织图景区等等，都是近四十年来修复和重建的。今天颐和园的景观，无论是数量，还是质量，比沈先生写文章的时候，已经进步了。

《霁清轩杂记》最初发表时，没有配图片。《春游颐和园》也仅有几幅黑白照片。本书编辑配图时，为了使图片贴近文章的时代，设计师张弥迪从网上搜求了刊载沈从文先生两篇文章的杂志原本和一些20世纪五六十年代的颐和园游览手册。但是霁清轩的老照片，除了沈从文先生那张全家合影之外，虽然我们想尽了能想到的办法，还是没有找到，无奈只好用现在的新照片来替代。至于霁清轩老照片为什么如此难见？我查阅《颐和园志》（北京出版社，2004年11月一版一印）里的“霁清轩”条：“1950年至1966年，为北京市委休养所征用。……1981年至1983年，改做对外宾馆。”综合《颐和园志》和其他资料，在2018年12月之前，霁清轩一直没有对公众开放。为了不让新照片干扰读者阅读文字时的感觉，排版时，我们没有采用现在常用的图文混排，而是选择了更传统的插页方式。幸运的是，我们有了沈先生文中提到的“终日盘坐在炕上临摹画卷”的那位“女天才”——张充和先生1948年在清琴峡绘制的《青绿山水》图片，这要感谢白谦慎先生。

能够编辑这本书，首先感谢沈龙朱先生对我的信任。另外，沈龙朱先生的女儿沈帆、赵晓燕女史、张鹏飞先生、金秋野先生、孙晓琳女史也提供了帮助和咨询。在此，对上述诸位表示诚挚的感谢。

王瑞智

2024年7月于北京颐和园谐趣园“自适轩”

附记：

2022年9月29日，在颐和园管理处赵晓燕女史和张鹏飞先生安排下，沈龙朱先生七十四年后，在女儿沈帆陪同下，再一次来到霁清轩。在沈从文先生一家四口合影的石板桥位置，我给沈龙朱先生拍了一张照片。七十四年过去了，当年的少年，已是耄耋老人。那天，沈龙朱先生在当年住过的三间房，讲了不少霁清轩和颐和园的事情。我摘录其中部分记录，抄在下面：

当时这园子归何思源管，他是北平市市长。他不来，把园子交给杨振声，杨先生就请他的朋友和同事一起来。杨振声先生是山东大学老人，我父亲曾经与杨先生在山东大学同事，是杨振声先生请我们家来的。我们家暑假来过两次，应该是1947、1948年，那时我上初一。

杨先生住的是上面那间正房（霁清轩），我们住的是下面这间。我四姨（张充和先生）住在清琴峡，那时她正在和傅汉思谈恋爱，他们的事儿就是在这儿定的，然后在中山公园举办的仪式。

（我问沈先生，您和您弟弟当时住在哪一间？）沈先生走到西边墙根，说，住在西间，那时西间有一大土炕，我父亲和我母亲住在东间。

那时候，我白天去龙王庙那边游泳，开始文昌阁那里也让游，后来就不行了，就去远一点的龙王庙。教我游泳的，是一个清华的老师，他也是凤凰人，叫什么记不得了，1949年之后似乎是去了国家民委。（我问，沈先生，后来您还来颐和园游过吗？）游过啊，1966、1967年那时候，响应毛主席畅游长江，北京市组织在昆明湖武装泅渡。哎呀，那次真是把我弄惨了。我还特意找人借了一身衣服。市里为了安全，把昆明湖里的水先放掉了一些，水只有这么深（龙朱先生用手指着自己的腰的位置）。结果呢，就不是游，是窝着腰，做出游的样子，几乎是在水里爬行，旁边还有救护船跟着。哎呀，就这样，一直到排云殿上岸，衣服兜里不光有水，还有半兜泥。我回家洗了好久，都洗不干净。

图书在版编目（CIP）数据
沈从文笔下的颐和园 / 沈从文著 ; 王瑞智编 .
长沙 : 湖南美术出版社 , 2025. 4. -- ISBN 978-7
-5746-0582-4
Ⅰ . I266
中国国家版本馆 CIP 数据核字第 2024E0125T 号

沈从文笔下的颐和园
SHEN CONGWEN BIXIA DE YIHE YUAN

出 版 人：黄　啸
著　　者：沈从文
编　　者：王瑞智
策　　划：王柳润
图片拍摄：金秋野　王瑞智
责任编辑：潘腙妍
书籍设计：张弥迪
责任校对：徐　盾　董田歌
制　　版：杭州聿书堂文化艺术有限公司
出版发行：湖南美术出版社
（长沙市东二环一段622号）
印　　刷：浙江海虹彩色印务有限公司
开　　本：889mm×1194mm　1/32
印　　张：3
版　　次：2025年4月第1版
印　　次：2025年4月第1次印刷
定　　价：78.00元

邮购联系：0731-84787105
邮　　编：410016
电子邮箱：market@arts-press.com
如有倒装、破损、少页等印装质量问题，请与印刷单位联系调换。
联系电话：0571-85095376